한 송이 들꽃에서 천국을 보라

일러두기

- 이 책은 윌리엄 블레이크가 쓴 시 중 33편을 골라 번역하고 엮은 것이다.

- 이 책에 실린 주석은 모두 옮긴이 주이다.

- 모든 행의 첫머리는 들여 쓰기를 하였다.

- 문장부호의 경우, 한국과 쓰임이 다른 부호가 있음을 고려하여 번역문에서는 한국식으로 썼다. 가령 대시(—)는 한국에서는 잘 쓰지 않는 문장부호임을 고려하여 번역문에는 문맥상 꼭 필요한 부분에만 넣었다. 감정을 나타내는 쉼표와 느낌표 등은 한국어 문장의 맥락과 호흡을 고려하여 생략하거나 추가했다.

- 한 편의 시가 여러 쪽으로 나뉘는 경우, 연 단위로 구분하고 시의 마지막 행에 '▸'를 표기하여 다음 쪽에 이어짐을 표시했다. 하나의 연이 길어서 여러 쪽으로 나뉘는 경우에는 '▸▸'를 표기하여 해당 연이 계속 이어짐을 표시했다.

- 작가의 저작을 표기할 때에는 시집과 장편·단편 작품을 구분하여 표기하였다. 시집은 겹꺾쇠(『 』)를 표기하고 원제를 이탤릭체로, 장편 작품은 큰따옴표로 표기하고 원제를 이탤릭체로, 단편 작품은 홑꺾쇠(「 」)를 표기하고 원제를 정자로 썼다. 문학잡지, 계간지 등은 '≪ ≫'로 표기하고, 원제를 이탤릭체로 썼다. 문학 작품 외에 공연 등 극 작품은 '< >'로 표기했다.

한울세계시인선 01

한 송이 들꽃에서 천국을 보라

윌리엄 블레이크 시선집

윌리엄 블레이크 지음

조애리 옮김

차례

Contents

『순수의 노래』에서

From Songs of Innocence

Introduction

Piping down the valleys wild,
Piping songs of pleasant glee,
On a cloud I saw a child,
And he laughing said to me:

"Pipe a song about a Lamb!"
So I piped with a merry chear.
"Piper, pipe that song again;"
So I piped: he wept to hear.

"Drop thy pipe, thy happy pipe;
Sing thy songs of happy chear:"
So I sung the same again,
While he wept with joy to hear.

"Piper, sit thee down and write
In a book, that all may read."
So he vanish'd from my sight,
And I pluck'd a hollow reed, ‣

서시

거친 계곡을 내려오며,
환희에 차 피리를 불다가,
나는 구름 위 아이를 보았고,
그 아이는 웃으며 말했다.

"양에 대한 노래를 피리 불어주세요!"
그래서 나는 신나서 즐겁게 피리를 불었다.
"아저씨, 그 노래를 다시 불어주세요."
다시 불자 그 노래에 아이가 울었다.

"피리, 행복한 피리는 그만 불고,
행복하고 신나는 노래를 불러주세요."
그래서 나는 다시 그 노래를 불렀고
그 아이는 기쁨의 눈물을 흘렸다.

"아저씨, 모두가 읽을 수 있게
앉아서 책을 쓰세요."
그리고 그는 사라져 버렸고,
나는 속 빈 갈대를 꺾어 ▸

And I made a rural pen,

And I stain'd the water clear,

And I wrote my happy songs,

Every child may joy to hear.

소박한 펜을 만든 다음,

맑은 물을 찍어,

모든 아이가 즐겁게 들을 수 있도록

행복한 노래를 썼다.

The Ecchoing Green

The sun does arise,
And make happy the skies.
The merry bells ring
To welcome the Spring.
The sky-lark and thrush,
The birds of the bush,
Sing louder around,
To the bells' cheerful sound.
While our sports shall be seen
On the Ecchoing Green.

Old John, with white hair
Does laugh away care,
Sitting under the oak,
Among the old folk,
They laugh at our play,
And soon they all say.
"Such, such were the joys.
When we all girls & boys, ▸▸

메아리 울려 퍼지는 푸른 들판

해가 뜨자
하늘이 행복해지고,
봄을 환영하는 종소리가
즐겁게 울려 퍼진다.
신나는 종소리에 맞춰,
종달새, 개똥지빠귀,
덤불 속 새들은,
더 크게 지저귄다.
그때 메아리 울려 퍼지는
푸른 들판에서 뛰노는 우리 모습이 보일 것이다.

백발노인 조는
떡갈나무 아래
노인들 사이에 앉아서,
웃으며 근심을 날려버린다.
노인들 모두 우리가 노는 모습에 웃으며,
곧 이렇게 말한다.
"소년, 소녀였던
어린 시절에는 우리도 ▸▸

In our youth-time were seen,

On the Ecchoing Green."

Till the little ones, weary,

No more can be merry;

The sun does descend,

And our sports have an end.

Round the laps of their mothers

Many sisters and brothers,

Like birds in their nest,

Are ready for rest,

And sport no more seen

On the darkening Green.

메아리 울려 퍼지는 들판에서
모두 저렇게, 저렇게 즐거웠지."

마침내 아이들이, 지쳐,
더 이상 즐겁지 않다.
해도 지고,
우리의 놀이도 끝난다.
여러 형제자매가,
둥지 속 새처럼,
어머니 무릎 주위에 모여,
쉴 준비를 하고,
어둠 깔린 푸른 들판에는
더 이상 아이들이 놀지 않는다.

The Lamb

Little Lamb, who made thee?
Dost thou know who made thee?
Gave thee life & bid thee feed
By the stream & o'er the mead;
Gave thee clothing of delight,
Softest clothing, wooly, bright;
Gave thee such a tender voice
Making all the vales rejoice?
Little Lamb, who made thee?
Dost thou know who made thee?

Little Lamb, I'll tell thee,
Little Lamb, I'll tell thee:
He is called by thy name,
For he calls himself a Lamb.
He is meek, & he is mild;
He became a little child:
I a child & thou a lamb,
We are called by his name. ▸▸

양

　꼬마 양아, 누가 너를 만드셨니?
　누가 너를 만드셨는지 알고 있니?
네게 생명을 주고 시냇물을 마시게 하고
목초를 뜯게 하신 분이 누구인지,
네게 기쁨의 옷을,
가장 부드러운 빛나는 양털 옷을,
즐겁게 온 계곡에 울려 퍼지는
이런 달콤한 목소리를 주신 분이 누구인지 알고 있니?
　꼬마 양아, 누가 너를 만드셨니?
　누가 너를 만드셨는지 알고 있니?

　꼬마 양아, 내가 말해주마,
　꼬마 양아, 내가 말해주마.
그분 이름이 양이라고 하시니,
너와 같은 이름을 지니셨단다.
그분은 온순하고 그분은 온유하고,
그분은 아이가 되셨단다.
나는 아이고 너는 양,
우리 모두 그분의 이름으로 불린단다.　▸▸

Little Lamb, God bless thee!
Little Lamb, God bless thee!

꼬마 양아, 하느님의 은총이 내리길.
꼬마 양아, 하느님의 은총이 내리길.

The Blossom

Merry Merry Sparrow,
Under leaves so green,
A happy Blossom
Sees you swift as arrow
Seek your cradle narrow
Near my Bosom.

Pretty Pretty Robin,
Under leaves so green,
A happy Blossom
Hears you sobbing, sobbing.
Pretty Pretty Robin
Near my Bosom.

꽃

초록색 나뭇잎 아래,
즐겁고 즐거운 참새야,
행복한 꽃이
화살처럼 잽싼 너를 바라본다.
내 품에
작은 둥지를 틀렴.

초록색 나뭇잎 아래,
예쁘고 예쁜 울새야,
행복한 꽃이
자꾸 흐느끼는 네 울음소리를 듣는다.
예쁘고 예쁜 울새야
내 품으로 오렴.

The Chimney Sweeper

When my mother died I was very young,
And my father sold me while yet my tongue
Could scarcely cry "'weep! 'weep! 'weep! 'weep!"
So your chimneys I sweep, & in soot I sleep.

There's little Tom Dacre, who cried when his head,
That curl'd like a lamb's back, was shav'd: so I said
"Hush, Tom! never mind it, for when you head's bare
You know that the soot cannot spoil your white hair."

And so he was quiet, & that very night,
As Tom was a-sleeping, he had such a sight!
That thousands of sweepers, Dick, Joe, Ned, & Jack,
Were all of them lock'd up in coffins of black.

And by came an Angel who had a bright key,
And he open'd the coffins & set them free;
Then down a green plain leaping, laughing, they run,
And wash in a river, and shine in the Sun. ›

굴뚝 청소부

어머니 돌아가셨을 때, 나는 너무 어려
"청소, 청소, 청소, 청소"를 제대로
외치지도 못하는데 아버지가 날 팔았어요.
당신네 굴뚝 청소를 하고 검댕 속에서 잠들어요.

양털 같은 곱슬머리를 한 꼬마 톰 데이커가
머리를 깎자 울어, 내가 말해주었죠,
"쉿, 톰, 괜찮아. 머리카락이 없으면
하얀 머리카락이 검댕으로 더러워지지 않잖아."

그러자 톰은 잠잠해졌어요, 그날 밤
잠든 그는 이런 광경을 보았어요!
수천 명의 굴뚝 청소부, 딕, 조, 네드, 잭이
모두 검은 관 속에 갇혀 있었어요.

천사가 빛나는 열쇠를 들고 다가와,
관을 열고 그들을 모두 풀어주었어요.
아이들은 웃으며, 푸른 들판을 따라 펄쩍 뛰며 달려가,
강에서 몸을 씻고, 햇볕 속에서 빛났어요. ▸

Then naked & white, all their bags left behind,
They rise upon clouds, and sport in the wind;
And the Angel told Tom, if he'd be a good boy,
He'd have God for his father & never want joy.

And so Tom awoke; and we rose in the dark,
And got with our bags & our brushes to work.
Tho the morning was cold, Tom was happy & warm;
So if all do their duty they need not fear harm.

그러고 나서 가방을 버리고 벌거벗은 하얀 몸으로,
구름 위로 올라가, 바람을 타고 놀았어요.
그러자 천사가 톰에게, 착한 아이가 되면,
하느님이 아버지가 되고 늘 기쁠 것이라고 말했어요.

그렇게 톰은 깨어났어요. 우리는 어둠 속에서 일어나,
가방과 빗자루를 들고 일하러 갔어요.
아침이라 추웠지만 톰은 행복하고 따뜻했어요.
모두가 의무를 다하면 나쁜 일을 겁낼 필요가 없어요.

Laughing Song

When the green woods laugh with the voice of joy,
And the dimpling stream runs laughing by,
When the air does laugh with our merry wit,
And the green hill laughs with the noise of it,

When the meadows laugh with lively green,
And the grasshopper laughs in the merry scene,
When Mary and Susan and Emily
With their sweet round mouths sing "Ha, Ha, He!"

When the painted birds laugh in the shade
Where our table with cherries and nuts is spread,
Come live & be merry, and join with me,
To sing the sweet chorus of "Ha, Ha, He!"

웃음의 노래

푸른 숲이 기쁨에 차 웃고,
찰랑이는 물결이 웃으며 달려갈 때,
우리의 즐거운 농담에 대기가 웃고,
그 소리에 푸른 언덕이 웃을 때,

싱싱한 초록 풀잎들과 함께 초원이 웃고,
즐거운 풍경 속에서 여치가 웃을 때,
메리, 수잔, 에밀리가
예쁜 입을 둥글게 하고 노래하듯이 "하, 하, 하!" 웃을 때,

우리가 체리와 도토리를 펼쳐놓자
식탁에 그려진 새가 그늘에서 웃을 때,
이리로 와 "하, 하, 하!" 다정하게 합창하며,
나와 함께 즐겁게 살아요.

Spring

Sound the Flute!
Now it's mute.
Birds delight
Day and Night;
Nightingale
In the dale,
Lark in Sky,
Merrily,
Merrily, Merrily, to welcome in the Year.

Little Boy
Full of joy
Little Girl
Sweet and small,
Cock does crow,
So do you;
Merry voice,
Infant noise,
Merrily, Merrily, to welcome in the Year. ‣

봄

피리 소리 들린다!
이제 잠잠하다.
낮이든 밤이든
새들은 즐겁다.
골짜기에는
나이팅게일이,
하늘에는 종달새가,
즐겁게,
즐겁게, 즐겁게, 새봄을 환영한다.

어린 소년은
기뻐서 어쩔 줄 모르고,
어린 소녀는
몸집이 작고 다정하며,
수탉은 꼬꼬댁거리고,
너도 함성을 지른다.
즐거운 목소리,
갓난아기 소리,
즐겁게, 즐겁게, 우리는 새봄을 환영한다. ▸

Little Lamb

Here I am,

Come and lick

My white neck,

Let me pull

Your soft Wool,

Let me kiss

Your soft face,

Merrily, Merrily, we welcome in the Year.

꼬마 양아
나 여기 있으니,
다가와 내 하얀 목을
핥아주렴.
내 너의 부드러운 털을
당기고,
너의 부드러운 얼굴에
입 맞출게.
즐겁게, 즐겁게, 우리는 새봄을 환영한다.

Nurse's Song

When the voices of children are heard on the green
And laughing is heard on the hill,
My heart is at rest within my breast
And everything else is still.

"Then come home, my children, the sun is gone down
And the dews of night arise;
Come, come, leave off play, and let us away
Till the morning appears in the skies."

"No, no, let us play, for it is yet day
And we cannot go to sleep;
Besides, in the sky the little birds fly
And the hills are all cover'd with sheep."

"Well, well, go & play till the light fades away
And then go home to bed."
The little ones leaped & shouted & laugh'd
And all the hills echoed.

보모의 노래

푸른 들판에서 아이들 소리가 들리고
언덕에서 웃음소리 들릴 때,
가슴 속 심장은 휴식을 취하고
다른 것도 모두 고요하다.

"얘들아, 이제 집으로 오렴, 해는 저물고
밤이슬이 내리는 구나.
그만 놀고 집으로 오렴, 오렴,
이제 집으로 갔다가 동트면 다시 오자."

"싫어요, 싫어요, 아직 대낮이라, 더 놀래요,
지금 자러 갈 수는 없어요.
게다가, 작은 새들은 하늘을 날고
언덕마다 양 떼 천지인걸요."

"그래, 그래, 가서 놀고
해가 지면 집으로 와 자렴."
아이들은 소리를 지르고 뛰며 웃었고
언덕마다 메아리가 울려 퍼졌다.

Infant Joy

"I have no name:
I am but two days old."
What shall I call thee?
"I happy am,
Joy is my name."
Sweet joy befall thee!

Pretty joy!
Sweet joy but two days old,
Sweet joy I call thee:
Thou dost smile,
I sing the while
Sweet joy befall thee.

아기의 기쁨

"난 이름이 없어요.
태어난 지 이틀밖에 안 되었어요."
이름이 뭐니?
"난 행복하고,
이름은 기쁨이에요."
달콤한 기쁨을 누리렴!

예쁜 기쁨아!
태어난 지 이틀밖에 안 된 달콤한 기쁨아,
너를 달콤한 기쁨이라고 부르마.
미소를 짓고 있는 너,
내가 노래하는 동안
달콤한 기쁨을 누리렴.

『경험의 노래』에서

From Songs of Experience

Introduction

Hear the voice of the Bard!

Who Present, Past, & Future sees,

Whose ears have heard

The Holy Word

That walk'd among the ancient trees,

Calling the lapsed Soul,

And weeping in the evening dew,

That might controll

The starry pole

And fallen, fallen light renew!

"O Earth, O Earth, return!

Arise from out the dewy grass;

Night is worn

And the morn

Rises from the slumberous mass. ▸

서시

시인의 목소리를 들어라!
시인은 현재, 과거, 미래를 보고,
시인은 태초의 나무 사이를 걷던
하느님의 목소리를
들은 적이 있다.

하느님은 타락한 영혼을 부르면서,
저녁 이슬 속에서 울고 계셨고,
별이 빛나는 북극을
다스리며
타락한 빛을 부활시키려고 하셨다!

"오 대지여, 오 대지여, 돌아오라!
이슬 젖은 풀잎에서 깨어나라.
밤은 지나갔고
아침은
잠든 무리 속에서 깨어난다. ▸

Turn away no more:

Why wilt thou turn away?

The starry floor

The wat'ry shore

Is giv'n thee till the break of day."

더 이상 외면하지 마라.

동틀 때까지

별이 빛나는 하늘과

파도치는 해변을 주셨는데

왜 외면하는가?"

Earth's Answer

Earth raisd'd up her head
From the darkness dread & drear.
Her light fled:
Stony dread!
And her locks cover'd with grey despair.

"Prison'd on wat'ry shore,
Starry Jealousy does keep my den
Cold and hoar,
Weeping o'er,
I hear the father of the ancient men.

Selfish father of men
Cruel, jealous, selfish fear:
Can delight,
Chain'd in night,
The virgins of youth and morning bear? ›

대지의 대답

황량하고 무시무시한 어둠 속에서
대지가 머리를 들었다.
대지의 빛은 사라졌다.
섬뜩한 공포!
그녀의 머리카락은 회색 절망으로 뒤덮여 있었다.

"물결치는 해안에 갇혀 있고
별처럼 빛나는 질투심이
성에 낀 차가운 감옥을 지킨다
울면서
나는 태초에 인간의 아버지가 하는 말을 듣는다.

인간들의 이기적인 아버지,
잔인하고, 질투심에 찬, 이기적인 공포.
밤에 묶인
기쁨이
순결한 젊음과 아침을 품을 수 있겠는가? ▸

Does spring hide its joy

When buds and blossoms grow?

Does the sower

Sow by night?

Or the plowman in darkness plow?

Break this heavy chain

That does freeze my bones around.

Selfish! vain!

Eternal bane!

That free Love with bondage bound."

새싹이 돋고 꽃이 필 때
봄이 기쁨을 숨기는가?
농부가
밤에 씨를 뿌리는가?
어둠 속에서 쟁기질을 하는가?

내 뼈를 꽁꽁 묶은
이 무거운 사슬을 끊어다오.
이기적인! 허영심 찬!
영원한 독!
자유로운 사랑을 구속하는구나."

The Clod and the Pebble

"Love seeketh not itself to please,
Nor for itself hath any care,
But for another gives its ease
And builds a Heaven in Hell's despair."

So sung a little Clod of Clay
Trodden with the cattle's feet,
But a Pebble of the brook
Warbled out these metres meet:

"Love seeketh only self to please,
To bind another to its delight,
Joys in another's loss of ease,
And builds a Hell in Heaven's despite."

흙덩이와 자갈

"사랑은 자신의 즐거움을 추구하지 않고
자신은 신경 쓰지 않지만,
타인을 위해 자신의 안위를 희생하고
지옥의 절망 속에 천국을 세운다."

   소 떼에게 짓밟히면서
   작은 흙덩이가 이렇게 노래하자,
   개울가 조약돌이
   이렇게 재잘대며 노래했다.

"사랑은 자신의 즐거움만 추구하고,
자신의 기쁨을 위해 타인을 구속하고,
타인의 안위를 희생시키며 기뻐하고,
천국을 무시하고 지옥을 세운다."

The Chimney Sweeper

A little black thing among the snow,
Crying "'weep! 'weep!" in notes of woe!
"Where are thy father & mother? say?"
"They are both gone up to the church to pray.

Because I was happy upon the heath,
And smil'd among the winter's snow,
They clothed me in the clothes of death,
And taught me to sing the notes of woe.

And because I am happy & dance & sing,
They think they have done me no injury,
And are gone to praise God & his Priest & King,
Who make up a heaven of our misery."

굴뚝 청소부

새까만 작은 꼬마가 눈 속에서
애처롭게 "청소, 청소"라고 외치네!
"어머니와 아버지는 어디 계시니?"
"두 분 다 기도하러 교회에 가셨어요.

제가 황야에서 행복해하며,
겨울 눈 속에서도 미소를 지었더니,
부모님은 제게 죽음의 옷을 입히고,
구슬프게 노래하는 법을 가르쳐 주셨어요.

제가 행복해하며 춤추고 노래하니까,
부모님은 내게 전혀 해를 끼치지 않았다고 생각하시고,
우리의 불행으로 천국을 짓는
하느님과 신부와 왕을 찬양하러 가셨어요."

Nurse's Song

When the voices of children are heard on the green
And whisp'rings are in the dale,
The days of my youth rise fresh in my mind:
My face turns green and pale.

Then come home my children, the sun is gone down,
And the dews of night arise;
Your spring & your day are wasted in play,
And your winter and night in disguise.

보모의 노래

푸른 들판에서 아이들 목소리 들릴 때,
골짜기에서 속삭임 들릴 때,
내 어린 시절이 생생하게 떠올라
내 얼굴은 새파랗게 질리고 창백해진다.

애들아, 해가 지고 밤이슬이 내리니,
집으로 돌아오렴.
너희들은 노느라고 봄과 낮을 낭비하고 있고,
겨울과 밤은 변장한 모습으로 있단다.

The Sick Rose

O Rose, thou art sick:
The invisible worm
That flies in the night
In the howling storm,

Has found out thy bed
Of crimson joy,
And his dark secret love
Does thy life destroy.

병든 장미

오 장미여, 병들었구나.
눈에 보이지 않는 벌레가
울부짖는 폭풍 속에
한밤중 날아와,

진홍빛 기쁨으로 가득 찬
네 침상을 발견하고,
그 은밀하고 어두운 사랑으로
네 생명을 파괴하는구나.

The Tyger

Tyger, Tyger, burning bright
In the forests of the night,
What immortal hand or eye
Could frame thy fearful symmetry?

In what distant deeps or skies
Burnt the fire of thine eyes?
On what wings dare he aspire?
What the hand dare sieze the fire?

And what shoulder, & what art,
Could twist the sinews of thy heart?
And when thy heart began to beat,
What dread hand? & what dread feet?

What the hammer? what the chain?
In what furnace was thy brain?
What the anvil? what dread grasp
Dare its deadly terrors clasp? ‣

호랑이

호랑이여, 호랑이여, 한밤중
숲에서 활활 타고 있구나,
어떤 불멸의 손이, 어떤 불멸의 눈이
무섭게 균형 잡힌 그대를 만들 수 있었을까?

어느 먼 바다에서, 어느 먼 하늘에서
그대 눈이 불타고 있었을까?
감히 그는 어떤 날개를 타고 올라갔을까?
감히 어떤 손이 그 불길을 거머쥐었을까?

어떤 어깨가, 어떤 기술이,
그대의 심장 근육을 비틀 수 있었을까?
그대의 심장이 뛰기 시작했을 때
어떤 무시무시한 손이? 어떤 무시무시한 발이?

어떤 망치가? 어떤 사슬이?
어떤 용광로에 그대 두뇌가 있었을까?
어떤 모루 위에? 끔찍하게 두려운 그대를
어떤 무시무시한 손길이 꼭 붙잡았을까? ▸

When the stars threw down their spears

And water'd heaven with their tears,

Did he smile his work to see?

Did he who made the Lamb make thee?

Tyger! Tyger! burning bright

In the forests of the night,

What immortal hand or eye

Dare frame thy fearful symmetry?

별들이 창을 던지며
눈물로 하늘을 적실 때,
그는 자신의 작품을 보고 미소 지으셨을까?
양을 만드신 분이 그대도 만드셨을까?

호랑이여, 호랑이여, 한밤중
숲에서 활활 타고 있구나,
감히 어떤 불멸의 손이, 어떤 불멸의 눈이
무섭게 균형 잡힌 그대를 만들었을까?

The Lilly

The modest Rose puts forth a thorn,
The humble Sheep a threat'ning horn,
While the Lilly white shall in Love delight,
Nor a thorn, nor a threat, stain her beauty bright.

백합

얌전한 장미에게는 가시가 있고,
겸손한 양에게는 위협적인 뿔이 있다.
하얀 백합은 사랑에 빠져 기뻐할 때도,
가시나 뿔로 찬란한 아름다움에 오점을 남기지 않는다.

The Garden of Love

I went to the Garden of Love,
And saw what I never had seen:
A Chapel was built in the midst,
Where I used to play on the green.

And the gates of this Chapel were shut,
And "Thou shalt not" writ over the door;
So I turn'd to the Garden of Love
That so many sweet flowers bore;

And I saw it was filled with graves,
And tomb-stones where flowers should be;
And Priests in black gowns were walking their rounds,
And binding with briars my joys & desires.

사랑의 정원

사랑의 정원으로 가서,
예전에 못 보던 광경을 보았다.
내가 뛰놀던 푸른 들판 한가운데,
교회가 세워져 있었다.

교회의 대문은 닫혀 있었고,
문에는 "절대로 들어오지 마시오"라고 쓰여 있었다.
나는 예쁜 꽃들이 가득 피어 있는
사랑의 정원으로 발길을 돌렸다.

꽃들이 가득 피어 있어야 할 정원에,
무덤과 묘비가 가득 차 있었다.
검은 사제복을 입은 신부가 꽃 사이로 걸어 다니며,
가시넝쿨로 내 기쁨과 욕망을 묶고 있었다.

London

I wander thro' each charter'd street,
Near where the charter'd Thames does flow
And mark in every face I meet
Marks of weakness, marks of woe.

In every cry of every Man,
In every Infant's cry of fear,
In every voice, in every ban,
The mind-forg'd manacles I hear.

How the Chimney-sweepers cry
Every black'ning Church appalls,
And the hapless Soldier's sigh
Runs in blood down Palace walls.

But most thro' midnight streets I hear
How the youthful Harlot's curse
Blasts the new born Infant's tear,
And blights with plagues the Marriage hearse.

런던

특허받은 템스강이 흐르는
특허받은 거리를 헤매다가,
마주치는 얼굴마다
슬픔의 흔적, 나약함의 흔적을 본다.

모든 사람의 모든 울음소리에서,
모든 아기의 겁에 질린 울음소리에서,
모든 목소리에서, 모든 금지령에서,
마음의 수갑 소리를 듣는다.

어떻게 굴뚝 청소부의 울음소리에
음흉한 교회가 벌벌 떨고,
운 나쁜 군인의 한숨이
핏물 되어 궁궐 벽을 따라 흐르는지 듣는다.

무엇보다 한밤중 거리에서
어떻게 어린 매춘부의 저주로
갓난아기의 눈물이 말라버리고,
역병으로 결혼 영구차를 망치는지 듣는다.

Infant Sorrow

My mother groan'd! my father wept.
Into the dangerous world I leapt.
Helpless, naked, piping loud,
Like a fiend hid in a cloud.

Struggling in my father's hands,
Striving against my swadling bands,
Bound and weary I thought best
To sulk upon my mother's breast.

아기의 슬픔

어머니는 신음하셨다! 아버지는 우셨다.
나는 위험한 세계로 뛰어들어,
발가벗은 채, 무력해져,
구름에 숨은 악마처럼 크게 피리를 불었다.

아버지 손에서 벗어나려고 몸부림치면서,
포대기를 빠져나오려고 마구 차다가,
꽁꽁 묶인 채 지쳐버려 어머니 품 안에서
실쭉거리는 게 최선이라고 생각했다.

A Poison Tree

I was angry with my friend,
I told my wrath, my wrath did end;
I was angry with my foe,
I told it not, my wrath did grow.

And I water'd it in fears,
Night & morning with my tears;
And I sunned it with smiles,
And with soft deceitful wiles.

And it grew both day and night,
Till it bore an apple bright;
And my foe beheld it shine,
And he knew that it was mine,

And into my garden stole
When the night had veil'd the pole:
In the morning glad I see
My foe outstretch'd beneath the tree.

독나무

화가 나 친구에게,
화난다고 말했더니, 분노가 사라졌다.
화가 났지만 원수에게,
아무 말도 하지 않았더니 분노가 커졌다.

밤낮으로 두려움에 떨며,
분노에게 눈물을 주었다.
분노를 미소와 부드러운 속임수로,
화사하게 만들었다.

그 나무가 밤낮으로 자라,
마침내 빛나는 과일이 열렸다.
빛나는 과일을 본 적(敵)은,
내 과일인 것을 알았고,

북극성조차 보이지 않는 밤에,
원수가 몰래 내 정원으로 들어왔다.
아침에 기쁘게도
나무 아래 뻗어 있는 적을 본다.

『천국과 지옥의 결혼』에서

From The Marriage of Heaven and Hell

A Memorable Fancy

As I was walking among the fires of Hell, delighted with the enjoyments of Genius, which to Angels look like torment and insanity, I collected some of their proverbs, thinking that as the sayings used in a nation mark its character, so the proverbs of Hell show the nature of infernal wisdom better than any description of buildings or garments.

When I came home, on the abyss of the five senses, where a flat-sided steep frowns over the present world, I saw a mighty Devil folded in black clouds hovering on the sides of the rock; with corroding fires he wrote the following sentence now perceived by the minds of men, and read by them on earth: —

"How do you know but every bird
   that cuts the airy way
Is an immense world of delight,
   closed by your senses five?"

기억할 만한 상상

나는 시의 즐거움에 빠져, 지옥의 불 속을 걷고 있었다. 천사들에게는 미쳤거나 고문을 당하는 것처럼 보였을 것이다. 그때 나는 지옥의 격언 몇 개를 수집했다. 한 나라의 격언이 그 나라의 특성을 잘 보여주듯이, 건물이나 의복의 묘사보다는 격언이 지옥의 지혜의 특성을 더 잘 보여주리라고 생각했다.

집으로 돌아왔을 때, 현세를 굽어보고 있는 깎아지르는 절벽에서 오감의 심연 위에 있는 힘센 악마를 보았다. 악마는 검은 구름을 타고 절벽 주변을 서성댔다. 악마는 불길로 다음 문장을 썼다. 이제 지상의 인간들이 이 문장을 알아보고 읽는다.

> "대기를 가로지르는 새 하나하나가
>   어마어마한 기쁨의 세계임을
> 오감에 갇혀 있는 너희들이
>   어떻게 알겠는가?"

Proverbs of Hell

In seed-time learn, in harvest teach, in winter enjoy.

Drive your cart and your plough over the bones of the dead.

The road of excess leads to the palace of wisdom.

Prudence is a rich ugly old maid courted by Incapacity.

He who desires, but acts not, breeds pestilence.

The cut worm forgives the plough.

Dip him in the river who loves water.

A fool sees not the same tree that a wise man sees.

He whose face gives no light shall never become a star.

Eternity is in love with the productions of time. ‣

지옥의 격언

파종기에 배우고, 수확기에 가르치고, 겨울에 즐겨라.

죽은 사람들의 뼈 위로 수레와 쟁기를 몰아라.

과잉의 길 끝에 지혜의 궁전이 있다.

신중함은 무능함의 구애를 받는 못생긴 부자 노처녀다.

욕망만 하고 행동하지 않는 사람은 병에 걸린다.

쟁기에 잘린 벌레는 쟁기를 용서한다.

물을 사랑하는 사람을 강에 빠뜨려라.

바보는 나무를 볼 때 현자와 똑같이 보지 않는다.

얼굴에 빛이 나지 않는 사람은 결코 별이 되지 않는다.

영원은 시간의 산물을 사랑한다. ▸

The busy bee has no time for sorrow.

The hours of folly are measured by the clock, but of wisdom no clock can measure.

All wholesome food is caught without a net or a trap.

Bring out number, weight, and measure in a year of dearth.

No bird soars too high if he soars with his own wings.

A dead body revenges not injuries.

The most sublime act is to set another before you.

If the fool would persist in his folly he would become wise.

Folly is the cloak of knavery. ▸

바쁜 꿀벌은 슬퍼할 시간이 없다.

어리석게 보낸 시간은 시계로 잴 수 있지만, 현명한 시간은 어떤 시계로도 잴 수는 없다.

건강에 좋은 음식은 모두 그물이나 올가미로 잡은 게 아니다.

흉년에는 무게와 분량을 숫자로 분명히 표시하라.

자기 날개로만 난다면 어떤 새도 아주 높이 날 수 없다.

시체는 해악에 복수하지 않는다.

가장 숭고한 행동은 자신보다 타인을 먼저 생각하는 것이다.

계속 어리석은 짓을 하다 보면, 바보도 현명해질 것이다.

어리석음은 속임수의 외투다. ▸

Shame is Pride's cloak.

Prisons are built with stones of law, brothels with bricks of religion.

The pride of the peacock is the glory of God.

The lust of the goat is the bounty of God.

The wrath of the lion is the wisdom of God.

The nakedness of woman is the work of God.

Excess of sorrow laughs, excess of joy weeps.

The roaring of lions, the howling of wolves, the raging of the stormy sea, and the destructive sword, are portions of Eternity too great for the eye of man. ‣

수치심은 오만의 외투다.

감옥은 법의 돌로, 사창가는 종교의 벽돌로 짓는다.

공작의 자부심은 하느님의 영광이다.

염소의 욕정은 하느님의 하사품이다.

사자의 분노는 하느님의 지혜다.

벌거벗은 여인은 하느님의 작품이다.

슬픔이 지나치면 웃는다. 기쁨이 지나치면 운다.

　사자의 포효, 늑대의 울부짖음, 폭풍우 치는 바다의 격노, 파괴적인 검은 너무 거대해 인간이 보지 못하는 검은 영원의 일부다. ▸

The fox condemns the trap, not himself.

Joys impregnate, sorrows bring forth.

Let man wear the fell of the lion, woman the fleece of the sheep.

The bird a nest, the spider a web, man friendship.

The selfish smiling fool and the sullen frowning fool shall be both thought wise that they may be a rod.

What is now proved was once only imagined.

The rat, the mouse, the fox, the rabbit watch the roots; the lion, the tiger, the horse, the elephant watch the fruits.

The cistern contains, the fountain overflows. ‣

여우는 함정을 비난하지 자신을 비난하지 않는다.

기쁨이 임신하고, 슬픔이 출산한다

남자는 사자 가죽옷을, 여자는 양털옷을 입어라.

새는 둥지를 짓고, 거미는 거미줄을 만들고, 인간은 우정을 맺어라.

이기적으로 웃는 바보와 얼굴을 찡그린 뚱한 바보 둘 다 지혜로운 사람으로 간주되어 하나의 척도가 될 것이다.

현재 증명된 것이 예전에는 상상되었을 뿐이다.

쥐, 생쥐, 여우, 토끼는 뿌리를 보고, 사자, 호랑이, 말, 코끼리는 열매를 본다.

물통에는 물이 담기지만 샘에서는 물이 넘친다. ▸

One thought fills immensity.

Always be ready to speak your mind, and a base man will avoid you.

Everything possible to be believed is an image of truth.

The eagle never lost so much time as when he submitted to learn of the crow.

The fox provides for himself, but God provides for the lion.

Think in the morning, act in the noon, eat in the evening, sleep in the night.

He who has suffered you to impose on him knows you.

As the plough follows words, so God rewards prayers. ▸

하나의 생각이 거대한 우주를 채운다.

늘 자신의 생각을 제대로 말할 준비를 하라. 그러면 비열한 사람이 당신을 피할 것이다.

믿을 수 있는 것은 모두 진실의 형상을 하고 있다.

독수리는 까마귀에게 배우기 위해 쓸데없이 시간을 낭비하지 않는다.

여우는 자신을 챙기지만, 하느님은 사자를 챙긴다.

아침에는 생각하라. 낮에는 행동하라. 저녁에는 식사하라. 밤에는 잠자라.

너의 강요를 따르는 사람은 너를 아는 사람이다.

쟁기가 말을 따라가듯이 하느님은 기도에 응답하신다. ▸

The tigers of wrath are wiser than the horses of instruction.

Expect poison from the standing water.

You never know what is enough unless you know what is more than enough.

Listen to the fool's reproach; it is a kingly title.

The eyes of fire, the nostrils of air, the mouth of water, the beard of earth.

The weak in courage is strong in cunning.

The apple tree never asks the beech how he shall grow, nor the lion the horse how he shall take his prey. ‣

분노하는 호랑이는 훈련된 말보다 현명하다.

고인 물에는 독이 있다고 예상하라.

무엇이 지나친지 모르면, 무엇이 충분한지도 모른다.

어리석은 자의 비난에 귀 기울여라! 그의 말이 왕의 말이다!

눈은 불, 콧구멍은 공기, 입은 물, 수염은 흙이다.

용기 없는 자는 간교하다.

사과나무는 자작나무에게 어떻게 자랄지 묻지 않고, 사자는 말에게 어떻게 사냥할지 묻지 않는다. ▸

The thankful receiver bears a plentiful harvest.

If others had not been foolish we should have been so.

The soul of sweet delight can never be defiled.

When thou seest an eagle, thou seest a portion of Genius. Lift up thy head!

As the caterpillar chooses the fairest leaves to lay her eggs on, so the priest lays his curse on the fairest joys.

To create a little flower is the labour of ages.

Damn braces; bless relaxes.

The best wine is the oldest, the best water the newest. ‣

감사하게 받아들이는 사람이 풍성하게 수확한다.

다른 사람들이 어리석지 않았다면, 우리도 그랬어야 한다.

달콤한 기쁨에 취한 영혼은 결코 더럽혀질 수 없다.

독수리를 보면 신의 일부를 보는 것이니, 고개를 들라!

애벌레가 가장 아름다운 나뭇잎을 골라 알을 낳듯이, 신부는 가장 아름다운 기쁨에 저주를 퍼붓는다.

작은 꽃을 창조하기 위해 여러 시대의 노력이 필요하다.

차렷을 저주하라. 열중쉬어를 축복하라.

최고의 포도주는 가장 오래된 것이고, 최고의 물은 가장 새로운 물이다. ▸

Prayers plough not; praises reap not!

joys laugh not; sorrows weep not.

The head Sublime, the heart Pathos, the genitals Beauty, the hands and feet Proportion.

As the air to a bird, or the sea to a fish, so is contempt to the contemptible.

The crow wished everything was black; the owl that everything was white.

Exuberance is Beauty.

If the lion was advised by the fox, he would be cunning.

Improvement makes straight roads, but the crooked roads without Improvement are roads of Genius. ›

기도로 쟁기질할 수 없고, 찬양으로 수확할 수 없다!

기쁨은 웃지 않고, 슬픔은 울지 않는다.

머리는 숭고함, 가슴은 정념, 생식기는 아름다움, 손발은 균형이다.

새에게 대기가, 물고기에게 바다가 어울리듯이, 경멸할 만한 사람에게는 경멸이 어울린다.

까마귀는 모두 검길 원하고 부엉이는 모두 하얗기를 원한다.

흘러넘치는 것이 아름답다.

사자가 여우의 충고를 받아들이면, 간교해질 텐데.

곧은 길로 개선할 수 있지만, 천재의 길은 개선이 필요 없는 구불구불한 길이다. ▸

Sooner murder an infant in its cradle than nurse unacted desires.

Where man is not, nature is barren.

Truth can never be told so as to be understood and not to be believed.

Enough! or Too much.

*   *   *   *   *

The ancient poets animated all sensible objects with Gods or Geniuses, calling them by the names and adorning them with properties of woods, rivers, mountains, lakes, cities, nations, and whatever their enlarged and numerous senses could perceive. And particularly they studied the Genius of each city and country, placing it under its mental deity. ▸▸

행동하지 않는 욕망을 보살피는 것보다 요람 속 아이를 살해하는 게 낫다.

사람이 살지 않는 곳에서는 자연이 불모지다.

이해할 수 있게 진리를 말하면 믿을 수밖에 없다.

충분하다! 아니면 지나치다.

*   *   *   *   *

고대 시인들은 감지할 수 있는 모든 사물에 신이나 수호신의 정신을 불어넣었다. 모든 사물에 이름을 부여했고 모든 사물을 숲, 강, 산, 호수, 도시, 국가라는 속성과 확장된 시인의 수많은 감각이 인식할 수 있는 것으로 장식했다. 시인들은 특히 도시와 시골 마을 각각의 수호신에 대해 연구하고 도시나 시골 마을이 정신적인 수호신의 지배를 받는다고 여겼다. ▸▸

Till a system was formed, which some took advantage of and enslaved the vulgar by attempting to realize or abstract the mental deities from their objects. Thus began Priesthood. Choosing forms of worship from poetic tales. And at length they pronounced that the Gods had ordered such things. Thus men forgot that all deities reside in the human breast.

마침내 체계가 완성되자, 일부 사람들이 체계를 이용했다. 그들은 사물과 수호신을 분리시키거나 수호신을 따로 만들어서 일반인들을 종속시켰다. 이렇게 사제제가 시작되었다. 사제들은 시의 이야기 중 선택해 예배 형식을 만들었고 그것이 신의 명령이라고 선언했다. 그래서 사람들은 신은 모두 인간의 가슴 속에 있음을 망각하게 되었다.

『시적 소묘』에서

From Poetical Sketches

To Spring

O thou with dewy locks, who lookest down
Through the clear windows of the morning, turn
Thine angel eyes upon our western isle,
Which in full choir hails thy approach, O Spring!

The hills tell one another, and the listening
Valleys hear; all our longing eyes are turn'd
Up to thy bright pavilions: issue forth
And let thy holy feet visit our clime!

Come o'er the eastern hills, and let our winds
Kiss thy perfumèd garments; let us taste
Thy morn and evening breath; scatter thy pearls
Upon our lovesick land that mourns for thee.

O deck her forth with thy fair fingers; pour
Thy soft kisses on her bosom; and put
Thy golden crown upon her languish'd head,
Whose modest tresses are bound up for thee!

봄에게

오, 이슬 젖은 머리를 하고
맑은 아침 창문으로 내려다보는 그대여,
천사 같은 그대 눈길로 서쪽 섬들을 바라보면,
섬들은 모두 다가가는 그대를 합창으로 환영한다, 오, 봄이여!

언덕들은 서로 이야기하고, 계곡은 유심히 듣고
갈망에 찬 우리의 눈은 그대의
빛나는 천막을 우러러보니, 거기서 나와
신성한 그대 발로 우리의 대지를 밟아다오.

우리의 바람이 향긋한 그대 옷에 입 맞추도록
동쪽 언덕을 넘어와 다가와 다오. 우리가
그대의 아침 숨결과 저녁 숨결을 맛볼 수 있게 해주고
그대 그리워 병든 슬픈 대지에 진주를 뿌려다오.

아름다운 그대 손길로 대지를 장식하고,
대지의 가슴에 부드럽게 입맞춤해 다오. 그리고
그대를 위해 대지가 얌전하게 머리를 묶었으니,
나른한 대지의 머리에 황금 왕관을 씌워다오!

To Summer

O Thou who passest thro' our vallies in
Thy strength, curb thy fierce steeds, allay the heat
That flames from their large nostrils! thou, O Summer,
Oft pitched'st here thy golden tent, and oft
Beneath our oaks hast slept, while we beheld
With joy, thy ruddy limbs and flourishing hair.

Beneath our thickest shades we oft have heard
Thy voice, when noon upon his fervid car
Rode o'er the deep of heaven; beside our springs
Sit down, and in our mossy vallies, on
Some bank beside a river clear, throw thy
Silk draperies off, and rush into the stream:
Our vallies love the Summer in his pride.

Our bards are fam'd who strike the silver wire:
Our youth are bolder than the southern swains:
Our maidens fairer in the sprightly dance: ▸▸

여름에게

오, 그대여, 힘차게 우리 계곡을 건너와,
사나운 말을 멈추고, 말의 코에서 내뿜어진
타오르는 열기를 식혀라! 그대, 오 여름이여,
그대, 자주 여기에 황금 천막을 치고
상수리나무 아래 잠들곤 해, 우리는
건장한 그대 팔다리와 풍성한 머리카락을 바라보며 기쁨에 찼다.

정오가 뜨거운 마차를 몰아
바다 같은 하늘을 달릴 때 우리는 종종
짙은 그늘 아래서 그대 목소리를 들었지. 우리의 샘 옆에
앉거라. 그리고 이끼 덮인 계곡으로 와
맑은 계곡물 옆 둑 위에, 그대
비단옷을 벗어 던지고 물속으로 뛰어들어라!
우리 계곡은 당당한 여름을 사랑한다.

우리 시인은 은빛 현악기 연주로 유명하다.
우리 젊은이들은 남부 시골뜨기들보다 더 대담하다.
우리 처녀들은 더 어여쁘고 발랄한 춤을 춘다. ▸▸

We lack not songs, nor instruments of joy,

Nor echoes sweet, nor waters clear as heaven,

Nor laurel wreaths against the sultry heat.

우리는 노래도, 기쁨의 악기도,
달콤한 메아리도, 하늘만큼 맑은 강물도,
무더위를 막아줄 월계관도 가지고 있단다.

To Autumn

O Autumn, laden with fruit, and stained
With the blood of the grape, pass not, but sit
Beneath my shady roof; there thou mayst rest,
And tune thy jolly voice to my fresh pipe,
And all the daughters of the year shall dance!
Sing now the lusty song of fruits and flowers.

"The narrow bud opens her beauties to
The sun, and love runs in her thrilling veins;
Blossoms hang round the brows of Morning, and
Flourish down the bright cheek of modest Eve,
Till clust'ring Summer breaks forth into singing,
And feather'd clouds strew flowers round her head.

The spirits of the air live on the smells
Of fruit; and Joy, with pinions light, roves round
The gardens, or sits singing in the trees."
Thus sang the jolly Autumn as he sat;
Then rose, girded himself, and o'er the bleak ▸▸

가을에게

오, 가을이여, 가득 열매를 맺고,
포도의 피로 물든 가을이여, 그냥 지나가지 말고
그늘진 내 지붕 아래 잠시 쉬며,
신선한 내 피리에 맞추어 명랑한 노래를 불러주면,
사계절의 딸들이 모두 춤출 것이다!
이제 힘차게 열매와 꽃을 노래해 다오.

"태양을 향해 작은 봉오리가 아름다움을 드러내고
떨리는 잎맥 사이로 사랑이 흐른다.
아침의 이마 주위로 꽃들이 늘어져
얌전한 이브의 뺨을 붉게 물들이면,
주렁주렁 꽃을 매단 여름은 노래를 시작하고,
새털구름은 여름의 머리 위로 꽃을 뿌린다.

대기의 정령들은 과일 냄새를 맡고 살고
기쁨은 가벼운 날개로 정원 주위를 헤매거나
나무에 앉아 노래한다."
앉아서 이렇게 노래하던 명랑한 가을은
일어나서 떠날 준비를 하더니 황량한 언덕 위로 ▸▸

Hills fled from our sight; but left his golden load.

날아가 사라져 버렸다. 하지만 황금색 짐을 남기고 갔다.

To Winter

O Winter! bar thine adamantine doors:
The north is thine; there hast thou built thy dark
Deep-founded habitation. Shake not thy roofs
Nor bend thy pillars with thine iron car.

He hears me not, but o'er the yawning deep
Rides heavy; his storms are unchain'd, sheathed
In ribbed steel; I dare not lift mine eyes;
For he hath rear'd his scepter o'er the world.

Lo! now the direful monster, whose skin clings
To his strong bones, strides o'er the groaning rocks:
He withers all in silence, and in his hand
Unclothes the earth, and freezes up frail life.

He takes his seat upon the cliffs, the mariner
Cries in vain. Poor little wretch! that deal'st ▸▸

겨울에게

겨울이여! 견고한 그대의 문을 잠가라.
그대의 영토인 북쪽에 단단하게
어둠의 집을 지었구나. 그대의 전차로
지붕을 흔들지도, 집 기둥을 박지도 말라.

겨울은 내 말을 무시한 채, 둔중한 몸으로
하품하는 바다 위를 달린다. 겨울 폭풍이 마구 불어
강철을 찢고 지나갈 때 나는 감히 바라보지도 못한다.
겨울은 홀을 들고 온 세상을 지배한다.

슬프도다! 강력한 뼈대에 살이 붙은 끔찍한 괴물이
성큼성큼 신음하는 바위 위를 건너간다.
겨울은 만물을 시들게 하고 손으로
대지의 옷을 벗겨낸 후 연약한 생명을 꽁꽁 얼린다.

겨울이 절벽에 자리 잡으면 아무리 선원이
소리쳐도 소용없다. 가엾은 작은 선원! ▸▸

With storms; till heaven smiles, and the monster

Is driven yelling to his caves beneath Mount Hecla.

으르렁대던 괴물이 헤클라산* 아래 동굴로 물러나고
하늘이 미소 지을 때까지 선원은 폭풍과 싸운다.

* 아이슬란드에 있는 산

Song

How sweet I roam'd from field to field

How sweet I roam'd from field to field,
   And tasted all the summer's pride,
'Till I the prince of love beheld,
   Who in the sunny beams did glide!

He shew'd me lilies for my hair,
   And blushing roses for my brow;
He led me through his gardens fair,
   Where all his golden pleasures grow.

With sweet May dews my wings were wet,
   And Phoebus fir'd my vocal rage;
He caught me in his silken net,
   And shut me in his golden cage.

He loves to sit and hear me sing,
   Then, laughing, sports and plays with me;
Then stretches out my golden wing,
   And mocks my loss of liberty.

노래
기분 좋게 이 들판 저 들판 헤매며

기분 좋게 이 들판 저 들판 헤매며
　　여름의 자랑거리를 모두 맛보다가,
햇살 속을 미끄러지듯이 걷는
　　사랑의 왕자를 만났어요!

그는 머리에 꽂을 백합과,
　　이마를 장식할 붉은 장미를 주었어요.
그는 온갖 황금빛 쾌락이 자라는
　　아름다운 그의 정원으로 데려갔어요.

내 날개는 달콤한 5월의 이슬에 젖었고,
　　열정에 차 태양을 찬양했어요.
그는 나를 비단 그물로 잡아,
　　황금 새장에 가두었어요.

그는 앉아서 내 노래 듣는 걸 좋아해요.
　　그다음에, 웃으며, 나와 장난치죠.
그다음에 내 황금 날개를 펼치더니
　　자유를 잃은 나를 비웃어요.

Song
My silks and fine array

My silks and fine array,
    My smiles and languish'd air,
By love are driv'n away;
    And mournful lean Despair
Brings me yew to deck my grave:
Such end true lovers have.

His face is fair as heav'n,
    When springing buds unfold;
O why to him was't giv'n,
    Whose heart is wintry cold?
His breast is love's all worship'd tomb,
Where all love's pilgrims come. ▸

노래
내 아름다운 비단옷

사랑이 다가오자
   내 아름다운 비단옷,
미소, 나른한 분위기가 사라져요.
   슬픔에 잠긴 여윈 절망이
내 무덤을 장식할 주목*을 가져오죠.
진정한 연인들은 이렇게 최후를 맞이해요.

그의 얼굴은 아름다워요,
   새싹 틀 무렵 하늘만큼이나.
왜 겨울같이 차가운
   그에게 사랑을 바쳤을까요?
그의 가슴은 사랑의 순례자가 모두
찾아와 숭배하는 사랑의 무덤이에요. ▸

• 주목은 서양에서 무덤가에 심는 나무다.

Bring me an axe and spade,

    Bring me a winding sheet;

When I my grave have made,

    Let winds and tempests beat:

Then down I'll lie, as cold as clay.

True love doth pass away!

도끼와 삽을 가져다주고,
   수의를 가져다주세요.
내가 무덤을 팔 때,
   바람이, 비바람이 치게 해주세요.
그러면 나는 흙처럼 차갑게 누울래요.
진정한 사랑도 사라지네요!

Mad Song

The wild winds weep,
    And the night is a-cold;
Come hither, Sleep,
    And my griefs infold:
But lo! the morning peeps
    Over the eastern steeps,
And the rustling birds of dawn
The earth do scorn.

Lo! to the vault
    Of paved heaven,
With sorrow fraught
    My notes are driven:
They strike the ear of night,
    Make weep the eyes of day;
They make mad the roaring winds,
    And with tempests play. ›

미친 노래

바람은 거칠게 울부짖고
    밤은 차갑다.
잠이여, 이리로 와,
    내 슬픔을 펼쳐다오.
슬프도다! 동쪽 절벽 위로
    아침 태양이 엿본다.
새벽 새들은 부스럭대며
대지를 비웃는다.

슬프도다! 슬픔으로 가득 찬
    내 노래가
잘 닦인 천국의
    둥근 천장까지 울려 퍼진다.
내 노래로 밤의 귀는 멍멍해지고
    낮의 눈은 눈물을 흘린다.
슬퍼 울부짖는
    구름 속 악마처럼, ‣

Like a fiend in a cloud

    With howling woe,

After night I do croud,

    And with night will go;

I turn my back to the east,

From whence comforts have increas'd;

For light doth seize my brain

With frantic pain.

내 노래에 으르렁대며 미친 듯이 바람이 불고,
　폭풍우가 몰아친다.
밤이 지나면 나는 떠밀려
　밤과 함께 떠날 것이다.
동쪽으로 등을 돌리자
조금씩 더 편안해진다.
햇빛을 쐬면 두뇌가
광란의 고통에 빠진다.

To the Muses

Whether on Ida's shady brow,
    Or in the chambers of the East,
The chambers of the sun, that now
    From ancient melody have ceas'd;

Whether in Heav'n ye wander fair,
    Or the green corners of the earth,
Or the blue regions of the air,
    Where the melodious winds have birth;

Whether on crystal rocks ye rove,
    Beneath the bosom of the sea
Wand'ring in many a coral grove,
    Fair Nine, forsaking Poetry! ‣

시의 여신들에게

아이다 섬*의 그늘진 이마에 있는지,
    혹은 동쪽 태양의 방 안에, 이제
고대의 멜로디가 그친
    태양의 방에 있는지,

천국에서 아름답게 헤매고 있는지,
    녹음 짙은 지상의 귀퉁이에 있는지,
바람의 선율이 태어나는
    파란 대기 속에 있는지,

수정석 위를 떠도는지,
    바다의 품속
수많은 산호 숲을 헤매는지,
    아름다운 아홉 여신이여, 시를 버렸구나! ▸

---

* 에게해를 내려다보는 소아시아의 산

How have you left the ancient love

That bards of old enjoy'd in you!

The languid strings do scarcely move!

The sound is forc'd, the notes are few!

어찌 옛 시인들이 사랑했던
   고대의 사랑을 떠날 수 있느냐!
나른한 가락은 거의 흘러나오지 않는구나!
   곡조 없는 억지소리만 새어 나오는구나!

Song
Fresh from the dewy hill

Fresh from the dewy hill, the merry year
Smiles on my head and mounts his flaming car;
Round my young brows the laurel wreathes a shade
And rising glories beam around my head.

My feet are wing'd while o'er the dewy lawn,
I meet my maiden risen like the morn:
Oh bless those holy feet, like angels' feet;
Oh bless those limbs, beaming with heavenly light!

Like as an angel glittering in the sky
In times of innocence and holy joy;
The joyful shepherd stops his grateful song
To hear the music of an angel's tongue.

So when she speaks, the voice of Heaven I hear;
So when we walk, nothing impure comes near; ▸▸

노래
갓 이슬 내린 언덕에서

갓 이슬 내린 언덕에서, 즐거운 새해가
내 머리에 미소를 보내며, 활활 타는 수레에 오른다.
내 젊은 이마에 월계관 그늘이 드리워지고,
내 머리에 찬란한 영광이 빛난다.

내 발에는 날개가 달려 이슬 맺힌 잔디밭 위를 날아,
아침처럼 깨어난 아가씨를 만난다.
오, 천사의 발처럼 성스러운 그녀의 발을 축복해 주시고,
천상의 빛으로 빛나는 그녀의 팔다리를 축복해 주소서!

순수하고 성스러운 기쁨으로 찬 시간에
그녀는 하늘에서 천사처럼 빛난다.
기쁨에 찬 목자는 감사의 노래를 멈추고
천사가 부르는 노래를 듣는다.

그녀가 말할 때, 나는 천국의 소리를 듣고,
우리가 걸을 때, 불결한 것은 가까이 오지 못한다. ▸▸

Each field seems Eden, and each calm retreat;
Each village seems the haunt of holy feet.

But that sweet village, where my black-eyed maid
Closes her eyes in sleep beneath night's shade,
Whene'er I enter, more than mortal fire
Burns in my soul, and does my song inspire.

들판마다 천국처럼 고요한 안식처고,
마을마다 신성한 발이 머무는 곳 같다.

검은 눈동자의 아가씨는 다정한 마을에서
밤의 그늘 아래 눈 감고 잠들어 있어,
그 마을에 들어설 때마다 내 영혼에서는
꺼지지 않는 불길이 타오르고 노래가 솟아난다.

Auguries of Innocence

To see a World in a Grain of Sand

And a Heaven in a Wild Flower

Hold Infinity in the palm of your hand

And Eternity in an hour

A Robin Red breast in a Cage

Puts all Heaven in a Rage

A Dove house filld with Doves & Pigeons

Shudders Hell thr' all its regions

A dog starvd at his Masters Gate

Predicts the ruin of the State

A Horse misusd upon the Road

Calls to Heaven for Human blood

Each outcry of the hunted Hare

A fibre from the Brain does tear

A Skylark wounded in the wing

A Cherubim does cease to sing

The Game Cock clipd & armd for fight

Does the Rising Sun affright

Every Wolfs & Lions howl ▸▸

순수의 전조

한 알의 모래에서 세계를 보고
한 송이 들꽃에서 천국을 보라.
손바닥 안에 무한을 꼭 쥐고
한 시간 속에 영원을 담아라.
새장에 갇힌 울새 때문에
천국이 분노에 휩싸인다.
비둘기로 가득 찬 비둘기 집 때문에
지옥 전체가 부들부들 떤다.
주인집 문 앞 굶주린 개는
국가의 멸망을 예언한다.
집에서 학대받은 말은
하늘을 향해 인간의 피를 달라고 호소한다.
쫓기는 토끼가 울 때마다
뇌신경이 하나씩 끊어진다.
종달새 날개에 상처가 나면,
아기 천사는 노래를 멈춘다.
무장한 싸움닭을 보면,
떠오르는 해가 겁에 질린다
늑대나 사자가 울부짖을 때마다 ▸▸

Raises from Hell a Human Soul

The wild deer, wandring here & there

Keeps the Human Soul from Care

The Lamb misusd breeds Public Strife

And yet forgives the Butchers knife

The Bat that flits at close of Eve

Has left the Brain that wont Believe

The Owl that calls upon the Night

Speaks the Unbelievers fright

He who shall hurt the little Wren

Shall never be belovd by Men

He who the Ox to wrath has movd

Shall never be by Woman lovd

The wanton Boy that kills the Fly

Shall feel the Spiders enmity

He who torments the Chafers Sprite

Weaves a Bower in endless Night

The Catterpiller on the Leaf

Repeats to thee thy Mothers grief ▸▸

인간의 영혼 하나가 지옥에서 올라온다.

여기저기 헤매는 야생 사슴을 보면

인간 영혼의 근심이 줄어든다.

학대받은 양은 공공연히 투쟁하면서도

백정의 칼을 용서한다.

저녁 무렵 박쥐는

고집부리며 믿지 않는 뇌를 떠나 휙 날아간다.

밤새 우는 올빼미는

믿지 않는 자의 두려움을 노래한다.

작은 굴뚝새에게 상처를 주는 사람은

결코 인간의 사랑을 받지 못할 것이다.

소를 분노케 하는 사람은

결코 여성의 사랑을 받지 못할 것이다.

파리를 마구 죽이는 소년은

거미의 증오를 느끼게 될 것이다.

풍뎅이의 영혼을 괴롭히는 사람은

밤마다 끝없이 거처를 지어야 한다.

나뭇잎 위 애벌레는

자꾸 그대 어머니의 슬픔을 말해준다. ▸▸

Kill not the Moth nor Butterfly

For the Last Judgment draweth nigh

He who shall train the Horse to War

Shall never pass the Polar Bar

The Beggars Dog & Widows Cat

Feed them & thou wilt grow fat

The Gnat that sings his Summers Song

Poison gets from Slanders tongue

The poison of the Snake & Newt

Is the sweat of Envys Foot

The poison of the Honey Bee

Is the Artists Jealousy

The Princes Robes & Beggars Rags

Are Toadstools on the Misers Bags

A Truth thats told with bad intent

Beats all the Lies you can invent

It is right it should be so

Man was made for Joy & Woe

And when this we rightly know ▸▸

최후의 심판이 다가오고 있으니
나방이나 나비를 죽이지 말아라.
전쟁을 위해 말을 훈련시킨 사람은
결코 북극까지 가지 못하리라.
거지의 개와 과부의 고양이에게
먹이를 주라. 그러면 그대가 살찔 것이다.
여름 노래를 부르는 모기는
비방하는 사람의 혀에서 독을 얻는다.
뱀과 도마뱀의 독은
질투의 발에서 나는 땀이다.
꿀벌의 독은
예술가의 질투다.
왕자의 옷이나 거지의 누더기나
구두쇠의 가방 위에 핀 곰팡이다.
악의에 찬 진실이
그대가 꾸며낼 수 있는 거짓말을 모두 물리친다.
의당 그래야 한다.
인간은 기뻐하고 슬퍼하게끔 만들어졌으며,
이런 사실을 제대로 알아야, ▸▸

Thro the World we safely go

Joy & Woe are woven fine

A Clothing for the soul divine

Under every grief & pine

Runs a joy with silken twine

The Babe is more than swadling Bands

Throughout all these Human Lands

Tools were made & Born were hands

Every Farmer Understands

Every Tear from Every Eye

Becomes a Babe in Eternity

This is caught by Females bright

And returnd to its own delight

The Bleat the Bark Bellow & Roar

Are Waves that Beat on Heavens Shore

The Babe that weeps the Rod beneath

Writes Revenge in realms of Death

The Beggars Rags fluttering in Air

Does to Rags the Heavens tear ▸▸

세상을 안전하게 헤쳐나갈 수 있다.

기쁨과 슬픔을 정교하게 엮어

신성한 영혼이 입을 옷을 짠다.

모든 슬픔과 한탄은

비단실로 엮은 기쁨이다.

인간이 사는 세상 어디서나

아기는 포대기 끈보다 소중하다.

농부라면 누구나 농기구는 만든 것이고

손은 원래 있는 것임을 안다.

모든 사람이 흘린 눈물이 모여

영원 속에서 아기가 된다.

빛나는 여성들은 이를 포착해

원래의 기쁨으로 되돌려 놓는다.

양의 울음, 개 짖는 소리, 소의 울음, 사자의 표효는

천국의 해안에 부딪히는 파도다.

매를 맞고 우는 아기는

죽음의 영역에 복수하겠다고 써놓는다.

대기 중에 나부끼는 거지의 누더기는

천국을 갈기갈기 찢어놓은 것이다. ▸▸

The Soldier armd with Sword & Gun

Palsied strikes the Summers Sun

The poor Mans Farthing is worth more

Than all the Gold on Africs Shore

One Mite wrung from the Labrers hands

Shall buy & sell the Misers Lands

Or if protected from on high

Does that whole Nation sell & buy

He who mocks the Infants Faith

Shall be mockd in Age & Death

He who shall teach the Child to Doubt

The rotting Grave shall ne er get out

He who respects the Infants faith

Triumphs over Hell & Death

The Childs Toys & the Old Mans Reasons

Are the Fruits of the Two seasons

The Questioner who sits so sly

Shall never know how to Reply

He who replies to words of Doubt ▸▸

총칼로 무장한 군인은

마비된 상태에서 여름 태양을 후려친다.

가난한 사람에게는 동전 한 닢이

아프리카 해안의 금 모두보다 더 소중하다.

구두쇠는 노동자의 손에서 짜낸

한 푼으로 땅을 사고팔 것이다.

또는, 권력의 비호를 받으면

국가 전체를 사고팔기도 한다.

아이의 믿음을 조롱하는 사람은

늙어서 조롱당하며 죽을 것이다.

아이에게 의심을 가르치는 사람은

절대로 허물어지는 무덤을 빠져나오지 못할 것이다.

아이의 믿음을 존중하는 사람은

지옥과 죽음을 물리친다.

아이의 장난감과 노인의 이성은

두 계절의 열매다.

아주 교활하게 앉아서 질문하는 사람은

결코 대답하는 법을 모를 것이다.

의심에 찬 말에 대답하는 사람은 ▸▸

Doth put the Light of Knowledge out
The Strongest Poison ever known
Came from Caesars Laurel Crown
Nought can Deform the Human Race
Like to the Armours iron brace
When Gold & Gems adorn the Plow
To peaceful Arts shall Envy Bow
A Riddle or the Crickets Cry
Is to Doubt a fit Reply
The Emmets Inch & Eagles Mile
Make Lame Philosophy to smile
He who Doubts from what he sees
Will never Believe do what you Please
If the Sun & Moon should Doubt
Theyd immediately Go out
To be in a Passion you Good may Do
But no Good if a Passion is in you
The Whore & Gambler by the State
Licencd build that Nations Fate ▸▸

지식의 빛을 밝힌다.

시저의 월계관에서

세상에서 가장 강력한 독이 나왔다.

갑옷의 죔쇠는 그 어떤 것보다

인류를 왜곡시킨다.

쟁기를 금과 보석으로 장식할 때

질투는 평화로운 예술에게 고개를 숙인다.

수수께끼나 귀뚜라미의 울음소리 때문에

적절한 답을 의심하게 된다.

개미가 1인치 가고 독수리가 1마일을 가는 걸 보고

시원치 않은 철학은 미소 짓는다.

보는 것을 의심하는 사람은

어떤 말을 해도 그대를 믿지 않을 것이다.

태양과 달이 의심하게 되면,

곧 햇빛과 달빛이 사라질 것이다.

열정적으로 일하면 선행을 할 수 있지만

마음속에 열정을 담아두기만 하면 전혀 쓸모가 없다.

국가의 허가를 받은 매춘부와 도박꾼이

국가의 운명을 만든다. ▸▸

The Harlots cry from Street to Street
Shall weave Old Englands winding Sheet
The Winners Shout the Losers Curse
Dance before dead Englands Hearse
Every Night & every Morn
Some to Misery are Born
Every Morn and every Night
Some are Born to sweet delight
Some are Born to sweet delight
Some are Born to Endless Night
We are led to Believe a Lie
When we see not Thro the Eye
Which was Born in a Night to perish in a Night
When the Soul Slept in Beams of Light
God Appears & God is Light
To those poor Souls who dwell in Night
But does a Human Form Display
To those who Dwell in Realms of day

거리마다 울려 퍼지는 창녀의 울음은
노쇠한 영국의 수의를 짤 것이다.
승자는 소리치고 패자는 저주하며
죽은 영국의 관 앞에서 춤춘다.
매일 밤 그리고 매일 아침
몇몇은 불행하려고 태어난다.
매일 아침 그리고 매일 밤
몇몇은 달콤한 기쁨을 누리려고 태어난다.
몇몇은 달콤한 기쁨을 누리려고 태어난다.
몇몇은 끝없는 밤을 맞이하려고 태어난다.
영혼이 빛 속에 잠드는
밤에 태어나 밤에 사라지는
눈을 통해 볼 수 없다면,
거짓을 믿게 된다.
밤에 사는 불쌍한 사람들에게
신이 나타나면, 신은 빛이다
하지만 낮의 영역에 사는 사람들에게
신은 인간의 형상으로 드러난다.

해설

순수와 경험의 변증법, 윌리엄 블레이크

조 애 리

1. 윌리엄 블레이크의 생애

19세기 영국의 시인이자 화가이자 조각가였던 윌리엄 블레이크는 평생 사회질서와 인간 정신의 혁명적 변화를 위해 목소리를 냈다. 살아 있을 당시 그의 작품은 거의 팔리지 않았지만 현재 윌리엄 블레이크는 영국 시 역사상 가장 위대한 시인 중 한 사람으로 평가받고 있다.

어린 시절

윌리엄 블레이크(William Blake)는 1757년 11월 28일 런던 소호 지역에서 태어났다. 아버지는 양말 장인이었고, 가족은 런던의 브로드가 28번지에 있는 소박하지만 '점잖은' 동네의 집에 살았다. 제임스 블레이크(James Blake)와 캐서린 블레이크(Catherine Blake) 사이에는 모두 7명의 자녀가 태어났지만 5명만 생존했다.

블레이크는 정규교육을 거의 받지 못했다. 블레이크에게 심오한 영향을 미친 것은 성경이었고, 성경은 그에게 평생 영감의 원천으로 남았다. 블레이크는 어릴 때부터 환상을 경험하기 시작했고, 4살 때 창문을 통해 신의 머리가 나타나는 것을 보았다고 한다. 그는 또한 나무 아래서

144

선지자 에스겔(Ezekiel)을 보았고, '천사가 가득한 나무'의 환상을 보았다고 한다.

그는 10세에 헨리 파스(Henry Pars)의 드로잉 스쿨에 등록하여 고대 조각상의 석고 모형을 스케치하는 훈련을 받았다. 정규 미술교육을 계속 시키기에는 재정적으로 곤란했던 아버지는 블레이크를 1772년 8월 제임스 버자이어(James Basir)의 도제로 보냈다. 블레이크는 7년 동안 총 52.10파운드를 받고 도제로 일했다. 버자이어는 런던 골동품 협회 소속 조각가였기 때문에 블레이크는 웨스트민스터 사원으로 가 무덤과 기념비 조각에 참여할 기회를 얻었고, 그곳에서 고딕 예술을 사랑하게 되었으며, 그 사랑은 평생 지속되었다.

예술가로서의 성장

1779년, 21세의 블레이크는 7년간의 견습 과정을 마치고 숙련공 조각가가 되었고, 또한 같은 해에 6년 과정인 왕립미술학교(Royal Academy)에 입학했다. 이때 블레이크에게 큰 영향을 미친 사건이 일어났다. 1780년 6월 런던에서는 조지 고든 경(Lord George Gordon)의 반가톨릭 설교와 계속된 미국 식민지 전쟁에 대한 반감으로 폭동이 일어났고, 폭도들에 의해 집과 교회와 감옥이 불탔다. 이 폭동 중에 블레이크는 의도적이든 우연이든 뉴게이트 교도소를 불태운 폭도의 선두에 서게 되었다.

그 후 1782년 8월 블레이크는 1년간 구애 끝에 문맹이었던 캐서린 소피아 바우처(Catherine Sophia Boucher)와 결혼했다. 블레이크는 그녀에게 읽고 쓰기와 아울러 디자인과 인쇄를 가르쳤다. 캐서린은 남편의 비전과 천재성을 확신했고, 45년 후 남편이 죽을 때까지 그가 하는 모든 일을 지지하고 헌신적으로 도왔다. 1783년에는 블레이크가 14년 동안 써온 시를 모은 첫 시집 『시적 소묘 *Poetical Sketches*』가 출판되었다.

블레이크의 세계관에 가장 큰 영향을 미친 것은 1789년 파리 바스티유 성당의 습격으로 시작된 프랑스 혁명이었다. 프랑스 혁명에 대한 영국의 반응은 두 가지였다. 한편으로 영국에서도 혁명이 일어나기를 바라는 사람들이 있는가 하면, 다른 한편 사회질서의 붕괴를 두려워하는 사람들도 있었다. 블레이크는 1789년 여름, 런던에 혁명 소식이 전해지자마자 "자유, 평등, 박애"라는 혁명의 이상을 열정적으로 받아들였다. 블레이크가 쓴 시 「프랑스 혁명」에서 루이 왕은 늙고 죽어가는 군주제를 상징하고, 왕의 군대가 떠나는 마지막 장면은 민주주의의 승리를 보여준다.

블레이크가 자주 초대받았던 출판업자 조지프 존슨(Joseph Johnson)의 집에서는 정치를 주제로 활발한 대화가 이어졌다. 그곳에서 블레이크는 윌리엄 고드윈(William Godwin), 조지프 프리슬리(Joseph Priestley), 토머스 페인(Thomas Paine) 등 진보적 개혁가들을 만났다. 블레이크는 매리 울스턴크래프트(Mary Wollstonecraft)가 쓴『실제로 있었던 이야기들Original Stories from Real Life』(제2판, 1791)의 삽화를 그리기도 했으며, 성평등과 결혼제도에 관해 그녀와 견해를 같이했다.

1788년부터 블레이크는 조명인쇄라고도 불리는 부조 에칭 기법을 실험했다. 1794년에 그는 이 기법으로 삽화와 텍스트를 함께 그린『순수와 경험의 노래Songs of Innocence and Experience』를 출판했다. 하지만 블레이크가 사망할 때까지『순수와 경험의 노래』는 30부도 채 팔리지 않았다. 블레이크가 급진적이던 1790년대의 또 다른 작품으로는 교회와 국가의 억압적인 권위를 풍자한 1790~1793년에 쓴『천국과 지옥의 결혼Marriage of Heaven and Hell』이 있다.

말년과 문학적 유산

1800년에 블레이크는 윌리엄 헤일리(William Hayley)의 작품 삽화를 그리기 위해 펠팜(Felpham)에 있는 그의 별장으로 이사했으나, 그와 다

투고 1804년 런던으로 돌아와 그곳에서 말년을 보냈다. 런던 이주 후 그의 야심작인 『예루살렘*Jerusalem*』의 시와 삽화 작업을 시작했다. 말년의 블레이크의 주된 관심은 수채화로 그린 단테(Dante)의 『지옥*Inferno*』 삽화 작업이었다. 1827년 8월 12일 사망할 때까지 그는 쉬지 않고 열정적으로 『지옥』의 삽화 작업에 몰두했다.

생전에는 인정받지 못했던 블레이크는 이후 수많은 위대한 작가들에게 영감을 주었다. 그의 다음 세대 낭만주의 시인들은 그에게 아낌없이 찬사를 보냈다. 윌리엄 워즈워스(William Wordsworth)는 그를 "신의 영감을 받은 사람"이라고 했고, 사무엘 테일러 콜리지(Samuel Taylor Coleridge)는 블레이크의 상징적 이미지와 독창성을 칭찬했으며, 존 키츠(John Keats)는 블레이크의 독창적인 신화를 높이 평가했다. 대표적인 현대 시인인 T.S. 엘리엇(T.S. Eliot)은 블레이크의 시를 "정제된 시구(詩句)나 강력한 비전에 있어 영시 최고의 시"라고 격찬했다.

2. 순수와 그 부정으로서 경험: 『순수와 경험의 노래』

블레이크의 『순수와 경험의 노래』에는 순수하고 목가적인 어린 시절과 부패와 억압의 성인 세계가 병치되어 나타난다. 많은 시가 짝을 이루어 동일한 상황이나 문제를 순수와 경험이라는 서로 다른 관점에서 조명한다. 『순수의 노래』는 아이들의 삶을 재현하면서 그들의 순진한 희망을 극화하며 경험의 왜곡 이전에 존재했던 인간 본연의 긍정적인 측면에 주목한다. 반면 『경험의 노래』는 『순수의 노래』와 병치 및 대조를 통해 성인 생활의 가혹한 경험이 순진한 선을 파괴하는 방식을 보여준다. 순수한 사랑을 타락시키는 질투, 수치심, 억압적인 성을 주제로 경험의 세계가 그려지고 있으며, 제도화된 종교에 대한 비판이 날카롭다. 종교적인 면에서 『경험의 노래』는 개인 신앙의 성격보다는 교회의 제도, 교회의 정치적 역할, 사회와 개인의 정신에 미치는 교회의 영향을 더 집중적으로 탐구하고 있다.

「굴뚝 청소부」라는 같은 제목으로 쓰인 두 시를 통해 순수와 경험의 성격을 구체적으로 살펴보자. 『순수의 노래』의 「굴뚝 청소부」는 아버지에 의해 팔려 간 굴뚝 청소부가 신입 청소부인 톰을 만나는 것으로 시작한다. 시의 중심에는 현실의 공포를 벗어날 수 있게 해주는 톰의 꿈이 자리 잡고 있다.

> 수천 명의 굴뚝 청소부, 딕, 조, 네드, 잭이
> 모두 검은 관 속에 갇혀 있었어요.
>
> 천사가 빛나는 열쇠를 들고 다가와,
> 관을 열고 그들을 모두 풀어주었어요.
> 아이들은 웃으며, 푸른 들판을 따라 펄쩍 뛰며 달려가,
> 강에서 몸을 씻고, 햇볕 속에서 빛났어요.
>
> 그러고 나서 가방을 버리고 벌거벗은 하얀 몸으로,
> 구름 위로 올라가, 바람을 타고 놀았어요.
> 그러자 천사가 톰에게, 착한 아이가 되면,
> 하느님이 아버지가 되고 늘 기쁠 것이라고 말했어요.

꿈에서 "검은 관" 속에 있던 굴뚝 청소부들은 "천사"가 열쇠로 열어주자 해방된다. 웃음, 푸른 들판, 강에서의 목욕, 햇볕 쐬기 등 아이들에게는 진정한 즐거움과 자유의 시간이 주어진다. 이들은 "구름" 위에서 "바람을 타고" 놀며 천사의 경지에 이른다. 순수의 세계에서 그들에게 주어지는 해결책은 "착한 아이"가 되어 사회의 법을 따르는 것이다. 블레

이크는 이 결론에 거리를 두며 순수의 순진함이 지닌 한계를 보여준다.

『경험의 노래』에 실린 같은 제목의 시는 착한 아이에게 주어진 약속, 즉 구원을 받아 천국에 가리라는 약속이 아동 노동을 착취하는 수단일 뿐임을 보여준다. 여기서 제도화된 종교의 하느님은 어떤 위안도 주지 않는다.

> 제가 행복해하며 춤추고 노래하니까,
> 부모님은 내게 전혀 해를 끼치지 않았다고 생각하시고,
> 우리의 불행으로 천국을 짓는
> 하느님과 신부와 왕을 찬양하러 가셨어요.

이곳의 하느님은 『순수의 노래』의 하느님이 아니라 "신부와 왕"의 하느님이다. 하느님과 교회는 굴뚝 청소부에게 기쁨을 주는 것이 아니라 그의 활기와 자연스러운 본능을 억압하고 그의 "불행으로 천국을" 짓는다. 블레이크가 『순수의 노래』에서 순수의 한계를 지적했다면 여기서는 제도화된 종교를 신랄하게 비판한다.

「런던」은 블레이크의 가장 잘 알려진 작품 중 하나다. 이 시는 경험 세계의 억압과 착취를 단편적으로 폭로하는 데 그치지 않고 억압과 착취에 대한 총체적인 비전을 제시한다. 산업혁명 결과 외형적으로 거대하게 팽창한 런던은 산책자의 관점에서 볼 때 전혀 자유롭거나 풍요롭지 않다. 거리만 "특허받은" 것이 아니라 자유의 상징인 강마저 "특허받은" 상태다. "특허받은"의 반복은 런던에 부과된 법률에 대해 화자가 어떻게 느끼는지 보여준다. 법적 제한과 소유권이 자연의 영역인 템즈강에까지 적용되며 국가의 억압을 피할 수 있는 곳은 런던 어디에도 없다.

화자는 우선 런던을 모든 사람에게서 "슬픔의 흔적"이 보이는 도시로 제시한 후 이어서 청각적인 풍경을 재현한다.

모든 사람의 모든 울음소리에서,
모든 아기의 겁에 질린 울음소리에서,
모든 목소리에서, 모든 금지령에서,
마음의 수갑 소리를 듣는다.

어떻게 굴뚝 청소부의 울음소리에
음흉한 교회가 벌벌 떨고,
운 나쁜 군인의 한숨이
핏물 되어 궁궐 벽을 따라 흐르는지 듣는다.

도시는 비참한 비명으로 가득 찬 지옥이다. "모든"과 "울음소리"의 반복은 부패가 얼마나 곳곳에 스며 있고 그 고통이 얼마나 가혹한지 생생하게 보여준다. "운 나쁜 군인의 한숨은" 단지 탄식으로 끝나는 것이 아니라 "궁궐 벽을 따라 흐르는" "핏물"로 비약한다. 이러한 비약을 통해 블레이크는 얼마 전 일어난 프랑스 혁명을 상기시키며, 이런 불평등과 비참함이 지속된다면 런던에서도 혁명이 일어날 수 있음을 암시한다. 이 시의 마지막 연은 억압과 부패가 얼마나 촘촘하게 서로 연결되어 있는지 보여준다.

무엇보다 한밤중 거리에서
어떻게 어린 매춘부의 저주로
갓난아기의 눈물이 말라버리고,
역병으로 결혼 영구차를 망치는지 듣는다.

"어린 매춘부의 저주"는 가혹한 사회와 암울한 미래를 다시 생생하게 청각적으로 묘사한다. 이어 "어린 매춘부"와 "결혼 영구차"의 연결은 신성하고 종교적인 결합인 결혼조차 "역병"(성병)으로 인해 황폐해지는 것을 보여준다. 런던에는 "마음의 수갑"을 벗을 방법이 없다. 나아가 "어린 매춘부"와 "갓난아기"의 연결은 개인적·국가적 부패의 악순환이 지속되어 이 도시의 불행에서 영원히 벗어날 수 없음을 암시한다. 블레이크는 경험 세계의 악순환을 끊을 수 있는 대안을 『천국과 지옥의 결혼』과 『순수의 전조』에서 탐색한다.

3. 순수와 경험의 변증법: 『천국과 지옥의 결혼』과 『순수의 전조』

『천국과 지옥의 결혼』에서 보이는 개인적·사회적 반항 에너지의 원천 중 하나는 프랑스 혁명의 발발이었다. 블레이크는 「자유의 노래」에서 "프랑스여, 너의 지하 감옥을 무너뜨리라!"라고 외친다. 블레이크에게 정치적 혁명은 영적 혁명과 함께 진행되는데, 그에게 이 둘은 동전의 양면이다. 영적 혁명의 탐색은 선과 악의 관계 탐구로 이루어진다. 블레이크는 도덕과 종교를 둘러싼 전통적인 관념에 도전하고 인간 정신이 사회적 규범의 제약에서 벗어날 수 있다는 비전을 제시한다. 일련의 속담, 격언, 역설적인 진술을 통해 블레이크는 대립적인 선악의 결합이 정치적 혁명과 아울러 영적 혁명에도 꼭 필요함을 보여준다.

블레이크의 관점에서 지옥은 제도화된 종교에서 비롯된 것이다. 제도화된 종교의 발전은 순수한 고대의 비전을 왜곡했다고 분석한다. 고대 시인은 모든 사물에 신성이 깃든 것으로 보았다. "고대 시인들은 감지할 수 있는 모든 사물에 신이나 수호신의 정신을 불어넣었다. 모든 사물에 이름을 부여했고 모든 사물을 숲, 강, 산, 호수, 도시, 국가라는 속성과 확장된 시인의 수많은 감각이 인식할 수 있는 것으로 장식했다." 그러나 제도의 도입으로 사물과 신성이 분리되고 오히려 만들어진 신의 명령이 인간을 지배하게 되었다. "마침내 체계가 완성되자, 일부 사람들이 체계를 이용했다. 그들은 사물과 수호신을 분리시키거나 수호신을 따로 만들어서 일반인들을 종속시켰다. 이렇게 사제제가 시작되었다. 사제들은 시의 이야기 중 선택해 예배 형식을 만들었고 그것이 신의 명령이라고 선언했다"(「지옥의 격언」). 이제 사람들은 더 이상 신성을 느끼지 못하고 신에게 접근하기 위해서는 엘리트 사제 집단을 통해야만 한다. "그래서 사람들은 신은 모두 인간의 가슴 속에 있음을 망각하게 되었다." 블레이크는 인간의 내면에 신이 있으며 진정한 선을 알기 위해서는 교회를 통해 신의 명령을 들을 것이 아니라 자신의 내면을 들여다봐야 한다고 주장한다.

「지옥의 격언」은 인간의 내면을 들여다볼 수 있는 하나의 지침이다. 블레이크는 무엇이 선이고 무엇이 악인지에 대한 관습적인 도덕관념을 모두 파괴한다.

감옥은 법의 돌로, 사창가는 종교의 벽돌로 짓는다.

공작의 자부심은 하느님의 영광이다.

염소의 욕정은 하느님의 하사품이다.

사자의 분노는 하느님의 지혜다.

벌거벗은 여인은 하느님의 작품이다.

"감옥"과 "사창가"는 악이 창궐하는 장소가 아니라 교회와 국가의 억압적인 성격 때문에 생겨난 곳이다. 그리고 성적 에너지 자체가 원래 악은 아니고 그 에너지의 억압이 악이다. 블레이크는 제도화된 종교에서 남성과 여성의 성적 본성을 포함한 모든 욕망 속에 하느님이 존재하는 사실을 은폐하는 것이 문제라고 보았다. 인간을 포함한 모든 생명체의 욕망, "염소의 욕정"조차 사실은 "하느님의 하사품"이다. 『순수의 노래와 경험의 노래』에서는 경험이 순수를 부정했지만 『천국과 지옥의 결혼』에서는 경험이 부정된다. 블레이크는 경험의 세계를 부정하고 경험 자체를 새롭게 인식하는 가운데, 즉 순수와 경험의 변증법적인 합일을 통해 정치적·영적 혁명에 도달할 수 있다고 생각한다.

블레이크는 경험의 세계에 살면서 순수가 완벽하게 사라지는 것 같지만 궁극적으로 더 높은 수준의 순수에 도달한다고 생각한다. 1803년경에 쓴 것으로 추정되나 사후 출판된 「순수의 전조Augries of Innocence」는 더 높은 수준의 순수의 징표를 찾는다. 블레이크는 우리가 순간적인 에피파니(epiphany)를 통해 "모래"나 "들꽃" 같은 작은 사물에서 어린아이 같은 경이로움을 느끼고 경험의 밤에 예언자가 본 빛나는 잠재성을 깨달을 수 있다고, 즉 더 높은 수준의 순수를 체험할 수 있다고 생각한다.

> 한 알의 모래에서 세계를 보고
> 한 송이 들꽃에서 천국을 보라.
> 손바닥 안에 무한을 꼭 쥐고
> 한 시간 속에 영원을 담아라.

"한 알의 모래에서" 보는 세계는 경험의 세계가 아니라 가능성으로 찬 더 높은 수준의 순수로 찬 세계다. 나아가 "모래"나 "들꽃" 같은 작은 사물에서 드러나는 순간적인 에피파니는 무한과 영원을 쥘 수 있는 비전으로 확대된다.

예언자이기도 한 화자는 이런 깨달음과 비전을 전달하고자 한다. 궁극적으로 우리 인간에게는 신의 "빛"을 따르고 "인간의 형상"을 한 신을 만나는 더 높은 수준의 순수에 도달할 수 있는 능력이 있다는 것이다.

> 영혼이 빛 속에 잠드는
> 밤에 태어나 밤에 사라지는
> 눈을 통해 볼 수 없다면,
> 거짓을 믿게 된다.
> 밤에 사는 불쌍한 사람들에게
> 신이 나타나면, 신은 빛이다
> 하지만 낮의 영역에 사는 사람들에게
> 신은 인간의 형상으로 드러난다.
> ─「순수의 전조」 중에서

성직자나 지배자의 교지로 인해 우리는 "거짓을 믿게 된다." 거짓에서 빠져나오는 일은 우리가 "영혼이 빛 속에 잠드는" 잠을 경험한 후에야, 즉 경험의 본질과 영원의 그림자를 본 후에야 가능하다. 이때 우리는 빛으로 나타나는 신과 조우하게 된다. 하지만 이것은 신의 존재를 감지하는 것이지 신과의 완벽한 만남은 아니다. 마침내 "낮의 영역"에서 신과의 진정한 만남은 이루어진다. "낮의 영역에 사는 사람들에게/ 신은 인간의 형상으로 드러난다." 이때 "낮의 영역"은 밤과 분리된 영역이 아니고 밤을 거친 낮이다. 이 낮에는 신은 인간의 형상을 한 친구로 다가오고 인간은 신성, 더 높은 수준의 순수를 갖게 된다.

작가 연보

1757년	11월 28일 영국 런던에서 출생.
1767년	헨리 파스의 드로잉 스쿨 입학.
1772년	존 버자이어의 도제가 됨.
1779년	왕립미술학교 입학.
1782년	캐서린 소피아 바우처와 결혼.
1783년	첫 시집 『시적 소묘』 출판.
1789년	『순수의 노래』 출판.
1793년	『천국과 지옥의 결혼』 출판.
1794년	『순수와 경험의 노래』 출판.
1803년	「순수의 전조」 완성 추정.
1807년	『네 조아들』 완성.
1808년	『밀턴』 완성.
1820년	『예루살렘』 출판.
1827년	8월 12일 런던에서 69세로 사망.

지은이 윌리엄 블레이크

19세기 영국의 시인이자 화가, 조각가였던 윌리엄 블레이크(William Blake)는 평생 사회질서와 인간 정신의 혁명적 변화를 위해 목소리를 냈다. 살아 있을 당시 그의 작품은 거의 팔리지 않았지만 현재 윌리엄 블레이크는 영국 시 역사상 가장 위대한 시인 중 한 사람으로 평가받고 있다.

윌리엄 블레이크는 1757년 11월 28일 런던에서 태어났다. 블레이크는 정규교육을 거의 받지 못했다. 블레이크에게 심오한 영향을 미친 것은 성경이었고, 성경은 그에게 평생 영감의 원천으로 남았다. 블레이크는 1772년 8월부터 제임스 버자이어의 도제로 일했다. 1779년, 21세의 블레이크는 7년간의 견습 과정을 마치고 숙련공 조각가가 되었고, 같은 해에 6년 과정인 왕립미술학교에 입학했다. 1782년 8월 블레이크는 1년간 구애 끝에 문맹이었던 캐서린 소피아 바우처와 결혼했다. 블레이크는 그녀에게 읽고 쓰기와 아울러 디자인과 인쇄를 가르쳤다. 캐서린은 남편의 비전과 천재성을 확신했고, 45년 후 남편이 죽을 때까지 그가 하는 모든 일을 지지하고 헌신적으로 그를 도왔다.

블레이크의 세계관에 가장 큰 영향을 미친 것은 1789년 파리 바스티유 성당의 습격으로 시작된 프랑스 혁명이었다. 블레이크는 1789년 여름, 런던에 혁명 소식이 전해지자마자 "자유, 평등, 박애"라는 혁명의 이상을 열정적으로 받아들였다. 그는 「자유의 노래」에서 "프랑스여, 너의 지하 감옥을 무너뜨리라!"라고 외친다. 그는 당대의 진보적 개혁가인 윌리엄 고드윈, 조지프 프리슬리, 토머스 페인과 교류했다.

대표 작품으로 『시적 소묘』, 『천국과 지옥의 결혼』, 『순수와 경험의 노래』, 『예루살렘』, 『네 조아들』, 『밀턴』, 『예루살렘』, 「순수의 전조」가 있다.

옮긴이 **조애리**

서울대학교 영문학과를 졸업하고 같은 학교 대학원에서 석사 및 박사 학위를 받았다. 카이스트(KAIST) 인문사회과학부 교수로 재직했다. 지은 책으로 『성·역사·소설』, 『역사 속의 영미 소설』, 『19세기 영미 소설과 젠더』, 『되기와 향유의 문학』이 있으며, 옮긴 책으로는 『에밀리 디킨슨 시선집』, 헨리 데이비드 소로의 『달빛 속을 걷다』와 『시민 불복종』, 샬럿 브론테의 『제인 에어』와 『빌레뜨』, 제인 오스틴의 『설득』 등 다수가 있다.

한울세계시인선 01

한 송이 들꽃에서 천국을 보라
윌리엄 블레이크 시선집

지은이 ┃ 윌리엄 블레이크
옮긴이 ┃ 조애리
펴낸이 ┃ 김종수
펴낸곳 ┃ 한울엠플러스(주)
편집책임 ┃ 조수임
편집 ┃ 정은선

초판 1쇄 인쇄 ┃ 2024년 6월 5일
초판 1쇄 발행 ┃ 2024년 6월 25일

주소 ┃ 10881 경기도 파주시 광인사길 153 한울시소빌딩 3층
전화 ┃ 031-955-0655
팩스 ┃ 031-955-0656
홈페이지 ┃ www.hanulmplus.kr
등록번호 ┃ 제406-2015-000143호

Printed in Korea.
ISBN 978-89-460-8312-7 03840

※ 책값은 겉표지에 표시되어 있습니다.